KB130146

누가 밤의 머릿결을 빗질하고 있나

손음

시인의 말

꽃나무 아래 서서 지나가는 세월을 구경한다.

행방이 묘연해진 사람들의 이름이 통증을 만든다.

우리는 서로에게 호감을 가졌을 때 잔인해졌다.

잘 가.

2021년 1월

손음

누가 밤의 머릿결을 빗질하고 있나

차례

2부 비는 중얼중얼 흘러내린다

3부 사람들이 우산을 쓰고도 비를 맞는다

4부 기다리는 것도 직업이 될 수 있다면

해설

1부
죽음은 아름다운
꽃의 이름을 달고 다녔다

낙원빌라

빌라 앞에는 화단이 있다 잇몸처럼 붉은 꽃이 있고 식칼 한 자루가 거꾸로 처박혀 있다 빌라의 창문이 깨져 있다 베란다에는 깨진 소주병이 홧김에 뛰쳐나와 있다 외벽을 타고 거미처럼 기어가는 나무줄기가 있다 할머니가 조루로 물을 주고 있다 불을 주고 있다 빌라의 발가락이 뜨거워진다 할머니 등이 빌라 높이만큼이나 굽어 있다

정오가 한 치의 오차 없이 마당으로 끌려 나온다 손목 부채 하나가 할머니를 좌우로 흔든다 낙원빌라도 따라 흔들린다 살기 싫다고 흔들린다 그만 살자고 흔들린다 그늘이 악다구니를 질질 물고 늘어진다 종일 주름을 만들던 할머니가 다시 조루로 물을 주고 있다 화단이 흠뻑 젖는다 빌라가 흠뻑 젖는다 낙원빌라가 화단에 깊숙이 발을 묻고 있다

지상 낙원에 낙원빌라가 저렇게 자라고 있다

아귀

해변시장에 아귀 사러 갔다
온몸이 주둥아리인 아귀는
톱날 같은 이빨을 진실의 입처럼 벌리고 있다
금방이라도 죄지은 자의 손목을
확! 낚아채기라도 할 것처럼
기세등등 커다랗게 벌린 입속으로
햇살이 빨려 들어간다

생선 장수가 망나니처럼 칼을 들고 나와
사정없이 아귀 배 속을 가르는데
조기 새우 가자미 고등어 오징어 등속이 나온다
바다의 것들을 모조리 잡아 삼킨 듯
배 속에 어물전 하나 차려 놓았다

먹어도 먹어도 한평생 허기에 빠져 산다는
아귀 귀신이
탐욕으로 생을 조롱했구나
죽음으로 탐욕을 고백했구나

아귀의 삶을 고스란히 받아낸 도마에
노을이 흥건한 저녁

아귀의 고해성사 한 접시 올려놓았다
한 마리 아귀찜을 먹는다
한 마리 아귀찜을 듣는다

거대한 밭

깡마른 손 하나가
채소밭 하나를 밀고 간다
불구덩이 땡볕을 이고
오직 밭고랑을 밀고 간다
내리 딸자식만 일곱을 둔
거북 등짝 같은 할머니가
한여름 찢어대는 매미 소리를 이고
시퍼렇게 돋아나는 잡초를 밀고 간다

잡초들은 믿기지 않는 광기를 뿜어내며
할머니를 에워싼다
할머니는 호미 한 자루로 밭을 지키려 한다
상추와 호박과 고구마 속에서
열무와 고추와 가지 속에서
할머니는 진저리를 치며 호미질을 한다
진저리 치는 만큼 잡초들은 자란다 전속력으로 자란다

상추와 호박과 고구마와 잡초와

열무와 고추와 잡초와 할머니가
서로가 서로를 저항하면서 자란다
이런 오살할!
욕이란 욕 다 얻어먹어 가며
비로소 여름은 완성되고 있다

그 기차는 어디로 갔을까

보라색 맥문동 꽃이 진지하게 피어 있었지
애인을 기다리듯 보고 싶은 기차를 기다렸지
한낮의 역사는 구멍가게처럼 쓸쓸하고 단순해
담벼락엔 궤도를 이탈한 넝쿨식물이
기차보다 먼저 도착해 있고
붉은 간판의 중국집과 제일분식 만둣집은
권태를 나눠 가진 연인처럼 말이 없어

낙천적인 기차는 아직도 도착을 미루고 있지
매일매일 성실하게 자라는 나무들과 함께
아무도 읽지 않는 문고의 책들과 함께
자상한 역무원들은 묵은 서류를 아이 돌보듯 하고 있어

하늘엔 낮별이 떠 있고
사람들은 영원을 꿈꾸듯 기차를 기다리지
혼자 벽을 파고 앉은 저 창문이
보여 주고 싶은 것은 무엇일까

여름의 폭염은 슬프고 예민하지
수도꼭지를 비틀면 불이 쏟아졌지
기차는 오지 않았는데
사람들이 기차가 되어 서성거리는 이상한 여름이었지
누군가, 흰 배를 쓰윽 밀고 지나가는 기차를 보았다고
도 하고

밥 묵고 오끼예

　한적한 주택가에 슈퍼 하나가 있다 벚꽃나무 한 그
루 남편처럼 서 있고 주인은 온데간데없다 '밥 묵고 오끼
예' 신문지 한 장 찢어 붙여 놓고 그녀는 꽃놀이라도 간
것일까 점심시간이 한참이나 지났는데도 그녀의 식사
는 길어지고 있다

　'밥 묵고 오끼예' 봄날의 나물 같은 사투리가 그녀의
부재를 메우고 있다 나는 사이다 한 병 사러 왔다가 진
성슈퍼 아줌마 그녀를 상상한다 파마머리일까, 뚱뚱할
까, 날씬할까, 테이블 위 초록 콜라병에 벚꽃가지 하나
척, 꽂아 두고 사라진 그녀가 나는 궁금하다

　'밥 묵고 오끼예' 어쩌면 미나리 같은, 냉이 같은, 씀바
귀 같은 대사 한마디 날리고 봄나들이를 선택한 그녀의
외출은 길어지고 있다 나는 봄날의 그림자처럼 길어지
고 있는 그녀의 식사를 오래 생각한다

꽃의 장난

꽃은 나뭇가지에 앉아 간들간들 논다
손가락 끝으로 발가락 끝으로 간들간들 논다
바람과 햇볕이 사귀는 시간이
길어지고 있다

계절이 바뀌는 것은 격렬하게 꽃과 놀다 헤어지는 일
꽃은 사내처럼 가는 것이고 사내처럼 오는 것이다
나는 여배우처럼 붉은 립스틱을 바르고 흥청망청 꽃
을 운다

꽃나무 아래 서서 지나가는 세월을 구경한다
행방이 묘연해진 사람들의 이름이 통증을 만든다
우리는 서로에게 익숙해졌을 때 이별을 만들었다
우리는 서로에게 호감을 가졌을 때 잔인해졌다
이별은 허술한 요리사가 만드는 싸구려 음식 같은 것

오늘은 봄이고 나는 꽃을 만나러 간다
꽃을 헤어지러 간다

울면서도 가고 자빠지면서도 간다
내가 어쩌다 걱정한 꽃이
우리가 어쩌다 미워한 꽃이 그곳에 산다

내가 도착하기도 전에
내가 구두를 벗기도 전에
내 발이 뜨거워지기도 전에
스스로에게 총구를 겨눈 꽃의 자살을 멀쩡히 구경한다

달개비

새끼 밴 고양이가 불룩한 배를 마룻바닥에 걸쳐 놓고 탁탁 봄을 꼬리 친다 어머니는 어디로 가셨나 창고에 쥐가 드나들고 벌레가 알을 까고 수챗가 실지렁이 몸이 붉어진다 한 토막 평상에는 까매진 몸을 부대끼며 더러운 손으로 감자를 먹던 형제들 시끄럽다

마당에는 달개비가 피었다 뒷집 새댁 아줌마는 달개비 푸른 얼굴을 하고 다니더니 어느 날 죽었다 내가 경험한 첫 죽음의 빛깔이 달개비꽃이라니 생각보다 죽음은 아름다운 꽃의 이름을 달고 다녔다

깨진 밥그릇에 무릎을 다친다 숟가락 사금파리 깨진 거울이 흙속에서 몸을 드러낸다 햇볕에 드러난 것은 왜 모두 가련한가 수초가 자라는 우물 안은 개구리가 매달려 있고 나는 뒤꿈치를 들고 고개를 처박은 채 꺼내 줄까 개구리야, 꺼내 줄까 개구리야 아름다운 시간의 옹알이를 들려준다

어머니는 어디로 가셨나 뒤꼍 파밭이 뜨겁다 호미 한
자루가 바쁘다 어머니는 늙은 밭을 돌보느라 까무러친
다 석양의 붉은 하늘가 거미 한 마리 느릿느릿 기어간다

만화경

마당에 새의 울음이 곤두박질친다 처마 밑에서 시작된 전선은 어딘가로 연결되어 있다 자목련 그늘이 짙다 스티로폼 박스에 채소들이 자란다 할머니가 무사처럼 식칼을 들고 부엌으로 들어간다 눈알이 돌아간 닭 모가지를 그러모아 네이미럴, 네이미럴, 할머니의 종교는 네이미럴, 식구들은 봄날이 가는 것을 밀고 또 밀었다 욕쟁이 할머니가 만든 백숙을 먹고 식구들은 낮잠을 잤다 일어나 보니 식구들은 다른 몸을 하고 있었다

밀쳐 둔 밥상머리에 파리가 꼬여 들고 있었다 마당의 잡초는 식어 있고 어디로든 통하던 수레의 바퀴가 빠져 있다 네이미럴, 네이미럴, 봄날의 주문을 외며 꽃이 진다 오는 봄을 한꺼번에 잡아먹은 할머니가 히힛, 가방을 메고 내 꽁무니를 따라다닌다

할머니, 냉잇국에 밥 말아 먹자 밥 말아 먹자 네이미럴, 순식간에 나는 할머니가 되어 네이미럴, 냉잇국을 끓인다

담벼락의 구멍 사이로 그 집의 세계는 오래도록 상영
된다

살구나무 변소

　목에 할머니의 칼을 맞은 닭이 살구 싶어, 살구 싶어
마당을 뛰어 돌아다녔다 맨드라미 벼슬을 한 닭이 날개
를 퍼덕여 살구나무 위로 날아올랐다 사다리를 빌려 와
잡아 내렸더니 뻣뻣하게 죽어 있었다

　식구가 저녁상에 둘러앉았다 조시가 안 좋아, 조시가
안 좋아, 식구 중 누구도 그 닭을 먹으려 들지 않았다

　밤중에 살구나무 변소가 있는 곳을 지날 때마다
　살구 싶어, 살구 싶어
　닭의 비명이 살구나무 검은 잎새를 흔들었다
　할머니는 살고 싶어요가 떠난 후 더 이상 다른 닭은 키
우지 않았다

　그해 여름 살구는 열리지 않았다 그 이듬해도 살구는
열리지 않았다 살구는 암탉의 슬픔을 따라간 것일까

지붕 위의 고양이 역

오래된 지붕은 비밀스럽다 회의가 있는 것처럼 검은 정장의 고양이들이 지붕 위로 모여든다 옥상의 화분들은 따분한 곰팡이 꽃이나 피우고 있다 바람은 지붕과 방으로 통하는 전선의 가는 허리를 희롱하며 논다 빨래들은 식구들처럼 야위어 있다

언젠가 남자가 싸움 끝에 던진 구두 한 짝이 옥상에 그대로 있다 구두에는 아직도 남자의 욕이 들어 있다 비밀은 그렇게 태어나는 것이다 더 이상 참을 수 없어 지붕을 뚫고 올라온 나뭇가지와 노란 물탱크, 눈알이 빠진 인형, 망가진 의자, 소주병, 비밀을 가진 은신처는 정처가 없다

저녁의 고양이들이 남아 있는 추억을 의논하며 서로의 통증을 핥아 준다 여자의 고함 소리가 다시 옥상을 흔든다 남자가 또다시 욕을 한다 창문이 부르르 떠는 소리 들린다 옥상까지 올라온 욕이 무겁다 곧 옥상은 무너질 것이다

옥상에 모여든 고양이들이 모두 돌아가고 한쪽 눈이 없는 고양이가 혼자 남아 있다 헐레벌떡 골목을 뛰어가는 바람이 검은 비닐봉지 하나를 모자 쓰고 간다

복도

　우리에겐 복도가 필요하다 마누라 같은 삼촌 같은 복도가 필요하다 오래 입어 버석거리는 몸뻬 같은 복도가 필요하다 우리는 무엇이든 필요하다 갈치조림 냄새 칼칼한 복도가 필요하고 낡아 빠져 군데군데 움푹 팬 복도가 필요하고 슬리퍼 끌고 별 한 개라도 떴나 할 때 복도가 필요하다

　필요한 것은 죄다 복도에 몰려 있다 고무대야 화분 우산 행거 따위 온갖 잡동사니가 복도를 밀고 간다 햇볕이 손수건만 하게 들어오는 날에는 집집이 내놓은 빨래 더미에 가려 복도가 보이지 않는다 복도는 어디로 갔나 복도를 찾아 길을 나서야 할 판이다

　어느 비 오고 눈 오는 날 나는 혼자 우두커니 서 있는 복도의 등을 보았다 이웃들은 쾅! 문을 걸어 잠근 채 추위에 떨고 있는 복도를 외면한 채 커튼으로 비닐로 천막으로 그 무엇으로든 꽁꽁 창문을 가린 채 복도를 외면하고 있었다

복도는 신발도 없이 맨발로 벌벌 서 있었다 나는 복
도와 주고받은 잔소리 복도와 주고받은 농담 복도와 나
눈 죽음을 떠올린다

모처럼 복도가 된 복도가 구부정한 허리를 펴고 어딘
가로 가고 있다 나는 복도를 밀고 또 밀었다 잘 가라 복
도야

비혼모

　나는 불안이다 총체적인 불안이다 불안은 나를 자고
나를 산다 나는 불안 없이 살 수가 없다 불안은 가방이
고 옷이다 내가 요리한 국이고 밥이다 불안이 제일 만
만하다 불안 때문에 영화를 보고 불안 때문에 꽃을 사
고 불안 때문에 버스를 탄다 이 모든 알리바이는 불안
을 안심시키기 위해서다 나는 불안을 지켜야 한다 나
는 불안을 선택하는 삶을 선택했다 나는 불안 때문에
아이를 만들었다 불안 때문에 사랑했고 불안 때문에 행
복할 것이다 불안은 누가 만든 변증법인지 나는 불안이
마음에 든다 나는 불안한 아이를 낳을 것이다 불안은
불안이 아니다 불안은 건강하다 불안은 내가 가진 비밀
이다 나는 불안이라는 통장을 가지고 있다 불안은 이자
처럼 불어난다

송정 블루스

송정 광어골 어디쯤 아데초이가 있다 그곳에서 커피
를 마시는 시인이 있고 시인은 바다가 아름답다 말하고
나는 곧 사라질 기찻길에 대해 이야기했다 시인들과는
시 얘기를 나누지 않는다 그럴 때마다 나는 내가 시인이
란 걸 느낀다 내 시는 캄캄한 바닷속에 머리를 풀어헤
치고 누워 있는 해초 같아

나는 송정이 되어 사무실이 되어 하루를 만든다 컴
퓨터를 켜고 자판을 두드린다 바다 생각과 파도 생각은
틈틈이 끼어든다 해변의 허벅지까지 밀려온 햇볕도 생
각한다 일을 할 때 나는 시 생각이 간절하다 시를 쓸 때
일 생각이 간절하다 나는 늘 이렇게 엇박자를 누리고
있다

햇볕이 지글지글 프라이팬 볶아지는 해변에 앉아
나는 어디든 떠나고 있다
해변으로 떠밀려 온 파래와 미역 쪼가리 들
파도와 모래의 장난
죽은 생선의 어두운 눈

사람들은 떠들고 웃고
소주를 마시며
시퍼런 욕을 삼키느라 하루를 보낸다

나는 송정에서 죽었다
나는 송정에서 살았다

곧 무엇이든 내게 닥쳐올 것이 있을 것이다
달맞이 언덕 가느다란 허리를 자동차에 매달고
벚꽃에게 추파를 던지며
이 비겁하고 아름다운 생에 나는 눈뜰 것이다

2부

비는 중얼중얼 흘러내린다

미자 화분

　정말이지 말도 안 되는 화분 하나가 생겨났다 미자는 자신의 유골을 화분으로 만들어 달라고 하고 가족들은 화분에다 미자꽃을 심었다 감자처럼 순한 미자가 화분이 되어서 꽃을 살게 되었다 키가 작았던 미자는 쑥쑥 자라 한 그루 나무로 자라났다

　미자 화분에 봄이 왔다 희고 아련한 꽃이 피었는데 생전의 미자보다 예뻤다 미자야, 하고 부르면 단발머리 꽃 하나가 주근깨 얼굴을 한 미자가 환하게 울었다 호락호락하지 않은 세상에 미자는 밀려나고 또 밀려났다

　평생 미자를 먹여 살린 건 슬픔이었다 모처럼 미자가 웃는다 전셋집만 전전하던 미자가 모처럼 서너 뼘이나마 부동산을 장만하고 활짝활짝 웃는다 운다

　이번에 말이야, 저번에 말이야 하고 미자를 외면했던 가족들이 모처럼 미자를 살고 있다 물조루로 정성을 쏟아내고 잔가지나 시든 잎을 쳐내고 미자의 생애를 다듬

어 주었다 미자는 다시 1964년 미자로 도착해 있다 미자
가 무럭무럭 자라나고 있다

공수 해변

밤이 목도리처럼 길다

해변이 가지고 노는 것들

달 모래 파도

압축된 해변의 서정이 길다

늦도록 고요를 꿰매는 손 그물 같다

해변으로 떠밀려 온 것들이 혈육처럼 엉켜 있다

밤의 잔물결이 해변을 간지럽힌다

해변의 몸이

한 마리 생선처럼 예민하다

목련사

봄날 저녁 목련꽃 지는 거 본다
나는 건너편 찻집에 앉아
한 송이 두 송이 못생긴 봄날의 그 저녁 생각한다

상자같이 작은 집에 살아도 좋아
새까맣게 태운 밥이라도 좋아
그렇게 나물처럼 웃던 봄날이 있었다
목련이 피든 말든
개숫물이 넘치든 말든
우리는 각자의 여우와 각자의 늑대를 마당에다 묶어
두고
늦은 저녁을 먹고 있었다

우리가 그 지붕 아래 불온을 만들고 있을 때
우리가 그 지붕 아래 슬픈 밥을 먹고 있을 때
소스라치게 목련 한 송이 툭, 하고 목을 꺾는다

우리 헤어지고 다시 만날까

잇몸 사이 반찬이 낀 줄도 모르고 그는 심각했다
거기 나물 끼었어!
우리는 숟가락을 내동댕이치며 배꼽 잡았다

열어 놓은 방문으로 목련이 활짝 운다
목련이 피는 저곳과 이곳은 피안彼岸과 차안此岸의 경계
툭, 하고 목련의 낙하를 보는 일
툭, 하고 우리의 심장이 이쯤에서 멈출 일

색종이처럼 접혀 펄럭거리는 것이 있다
저 목련은 발목이 묶인 새 같아,
새의 부족들이 저렇게 알을 까고 사는 것 같아
그가 모이처럼 우물거리던 밥을 삼키며 말했다
나는 마당께로 달려 나가 목련나무를 흔들었다
한 마리씩
두 마리씩
목련이 땅으로 처박히는 저녁의 일이 계속되고 있다

맨드라미

맨드라미 트럼펫이 길게 울려 퍼진다
프라이팬처럼 달궈진 마당에
발을 덴 수탉이 뒤뚱거리며 마당을 빠져나간다
식구들은 평상에 앉아서 더위를 구워 먹는다

맨드라미가 여름을 길게 분다
붉은 피를 뒤집어쓴
맨드라미가
길게 울려 퍼진다

붉은 살점 같은 맨드라미 활짝 피었다
붉은 고기가 석쇠 위에서 지글지글 익어 간다
식구들도 따라 지글지글 익어 간다

식구끼리 욕을 한다 고기보다 붉은 욕을 고기 굽는다
땀을 뻘뻘 흘리며 욕을 만든다

자, 자 그래 봤자 우리는 식구다

식구들이 기름진 입가를 엉엉 웃는다
그래 봤자 우리는 식구다
그래 봤자, 그래 봤자다

모르는 척 고기가 익어 간다
맨드라미가 식구들을 길게 분다

동백 세월

햇살이 희다 나무에 목줄을 매단 개가 입을 쩍 벌리
며 하품을 한다 몇 년째 제 몸에 꽃을 실어 보지 못한 동
백나무가 몸을 비튼다 횟집으로 가는 담장은 기울어져
있고 술에 취해 그 여자가 일하는 횟집 앞을 지나간다

횟집 여자가 문을 열고 나와 밥이나 먹고 가라고 한
다 나는 조금 취해 있었고 밥 냄새가 역겹다 다 시들한
데 여자는 내게 잘해 준다 장소를 옮겨 술이나 같이 마
시자는 말은 하지 못한다

포구 앞에는 무슨 조가비 이름 같은 재개발 현수막
이 나붙어 있다 모래 자갈을 잔뜩 실은 트럭들이 지나
간다 아직은 2월이고 여자는 꽃핀 나무처럼 화사하고
나는 어쩌자고 이렇다 할 직업도 없이 게으른 햇살이나
바르고 있나

희망은 외롭고 자신 있는 건 절망뿐이다 그런 것이 아
니라며 그런 것이 아니라며 선착장 한 척의 배가 꽁무니

를 내리고 머리를 처박고 있다 최선을 다하자, 다하지 말
자 파도가 머릿속을 떠돈다 한 척의 사내가 거친 물살
로 뒤척인다

　밀물 슈퍼가 물에 잠기는 시각이다 손님, 이제 봄입니
다 밤입니다

고백

비가 내리고 수제비 뽀얀 국물이 빗소리로 들끓는
다 선반에는 먼 나라의 접시와 촛대가 있고 비는 중얼
중얼 흘러내린다 수제비를 먹다가 창밖을 보다가 시무
룩한 평화가 찾아든다

쏟아진 김칫물이 식탁의 가장자리에서 그대로 멈춘
다 붉은 줄의 난간에 서서 우리는 표지판 하나씩 들고
서로의 건너편을 바라보고 있다 비가 내리고 오로지
그는 창밖에 서 있고 나는 너무 식탁에 오래 앉아 있다

먹다 만 수제비가 있고 깍두기가 있고 목이 긴 꽃병
의 절벽 속으로 빗소리가 걸어 들어간다 빗방울이 허
공을 바늘 찢는다 우리는 어쩌다 빗방울 속에다 집을
지었나

누가 밤의 긴 머릿결을 저리 오래 빗질하고 있나 비
는 그치지 않고 나는 식탁에 너무 오래 앉아 있다 그는
늘 창가의 사람, 그가 다시 문을 두드린다 빗방울을 두

드린다 밤새도록

똑똑, 저 비의 말을, 나는, 어찌할,

11월

모르는 척 11월은 지나간다 오후의 유치원생들이 노란 은행잎처럼 지나가면 11월의 교회당에 찬송가 자욱하다 11월의 율법을 지키듯 사람들은 11월의 표정을 개인적으로 가지고 있다 그러나 11월이 무엇인지 알 수 없다 범인의 몽타주를 그릴 수도 없다 달력에는 붉은 모자를 쓴 숫자 11이 있다 어차피 저렇게 서 있어야 할 팔자니 좌석을 권할 수가 없다 야윈 목을 꺾은 11에게 춥지 않게 바바리를 입혀야겠다 11월의 상점에 물건들은 팔리지 않는다 체온이 없는 것들의 쓸쓸함, 오후는 산문처럼 지루하고 11월은 모르는 척 지나갈 것이다

비가 내린다 11월은 지가 누구인지 모르겠다며 상점 앞을 지나간다 내리는 비는 11월과 상관없이 11 11 불평하듯 내리다가 곧 사라졌다 나무들은 지가 낳기라도 한 것처럼 11월의 뒤통수를 오래 쳐다본다 11월은 저 혼자 조용히 커피를 마신다 11 11 이 직선의 기호를 들여다보는 것도 오늘이 마지막이야, 최선을 다해 살고 싶지 않아 내일은,

창밖 목련

조그맣고 허술한 트럭을 따라 봄날이 떠나가고 있다
풀풀 먼지를 일으키며 떠나는 것들의 꽁무니를
흩날리는 꽃잎과 구부러진 길들이 따라간다
봄날은 조금씩 태어나고 떠나고 사라지면서
자신의 몸을 땅속에다 잃어버린다
사각사각 봄밤을 파먹으며 늙어 가는 것들 젊어 가
는 것들
봄에 목련 밭으로 소풍 가자던 그녀는
어쩌자고 목련나무 아래 자신을 심었나
목련의 일이란 잠시 꽃의 행세만 하고 떠나가는 일
짧은 시간 동안 통점만 앓고 가는
꽃의 생애를 누가 기록해 줄 것인가
나는 묵묵히 목련을 걷는다
서둘러 늙어 버린 까맣고 슬픈 목련 한 장
한 잎의 적막이 떨어져 내린다
오늘은 오늘이라서 괜찮고
내일은 내일이라서 괜찮겠지

벽에 기대지 마시오

어느 집 담벼락이었다
벽에 기대지 마시오!
냉정한 담벼락의 명령이
붉은 글씨로 쓰여 있었다

오면서 다시 보니
그렇게 낙서된
담벼락은 보이지 않는다
이미 무너진 걸까

벽에 기대지 마시오!
벽에 기대지 마시오!
담벼락은 자신의 명령을 거두고
어디로 사라진 걸까

더러워진 개들과 엎어진 화분과
금방이라도 욕을 할 것 같은 자
간사한 웃음으로 나를 꾀려는 자

아무려나 상관없다는 듯 의자를 타고 있는 노인과
그들 모두 저 담벼락 속으로 사라졌다

누가 담벼락을 버리고 갔나
노란 개나리 덤불 속에
담벼락이 무너져 있다
벽에 기대지 마시오! 도 버려져 있다
벽을 벗어난 벽이 모처럼 쉬고 있다
노란 햇볕이 버려진 벽을 핥아 준다

사과 한 상자

창문을 열고 동백이 들어온다 이렇게 무거운 꽃은 처음입니다! 우여곡절 끝에 사과 한 상자가 잘못 배달되어 왔다 슬리퍼도 꿰지 못하고 택배 기사를 쫓아갔지만 골목은 도마뱀의 꼬리

거실의 전기장판은 고양이 한 마리를 구워내는 중이고 사과는 구경거리가 없는 우리 집 거실의 꽃, 잘못 도착한 사과는 먹을 수 없는 사과의 시간을 보내고 있다

밤의 구름은 그대로 흘러가게 내버려 두었다 사과는 상자 속에서 사과인 척 사과가 아닌 척 자신의 얼굴을 결정하지 못한다 저녁에는 마그리트 씨가 집을 방문했다 이것은 사과가 아니라고 말한다 자신도 마그리트가 아니라고 말한다

식구들은 사과 상자를 머리에 이고 도대체 믿을 구석이 없는 세계라 말한다 아, 모르겠다며 밥이나 먹자 밥이나 먹자고 한다

밤이 찾아와서 사과 상자에 검은 천을 들씌운다 사
과 향은 이글거린다 금단의 사과가 입을 틀어막는다 나
는 사과예요 사과가 아니에요 복화술사 흉내를 낸다

새

나뭇가지의 몸은 왼쪽으로 휘어져 있다
그 가지에 친친 감긴 햇살은 내가 혁대로 삼아도 좋겠다

정오에는 새가 나무의 등짝을 파먹는다
아직도 당신 등은 파먹을 게 많아*
새의 부리가 빨갛다
자세히 보니 나무가 죽은 새를 안고 있다
너무 울어 눈알이 빠져나간 새의 몸에서
애틋한 시간의 냄새가 난다

봄 여름 가을 겨울이 뒤섞여 온다
콕콕콕… 나를 점치는 소리
콕콕콕… 나를 파먹는 소리

슬픔이 남아돈다
더럽고 낡은 의자에 놓인 화병이 쓰러진다
정원에는 코피처럼 빨갛고 이상한 꽃이 피었다

까마득한 꿈속에서
미친 듯이 날아가는 한 마리 새를 본다
나는 창의 안쪽에서 슬픔을 만드느라 한껏 늙어 있다

생각이 주전자처럼 들끓는다
겨우 불을 끈다

* 박서영 시의 한 구절 변용

감자

감자를 삶는다 흐린 불빛 아래 감자를 먹는다 비가 내리고 누군가의 심장 같은 감자가 따뜻하다 일손을 놓고 휴식처럼 감자를 먹는다 아무 말도 하지 않고 빗소리를 들으며 젓가락으로 포크로 감자의 심장을 푹푹 찌르는 저녁이다 어릴 적 친구 미자 같은 만만한 감자, 나는 자주 감자를 먹는다 그때마다 비가 내렸다 냄비 속에 새알처럼 담겨진 감자는 순하고 말이 없다 비는 한 알 한 알 감자의 내부를 파고든다 내가 조용히 앓고 있던 슬픔이 저 혼자서 감자를 먹는다 감자는 나를 익히고 내리는 비를 가만히 듣는다 그때 내가 조금 미안했어 하며 감자를 삶는다 비는 감자를 익힌다 노란 냄비가 모락모락 익어 간다

저것은 감자가 아니다

통영 트렁크

여관방 문을 여는데 수국이다 간밤 기억 속 탕탕, 총
성이 저렇게 부풀려진 꽃으로 태어날 수 있다면, 나는
총잡이가 되었을 것이다 올망졸망 비좁은 화단에 엉덩
이를 까고 앉은 수국에게 누가 저 분홍을 바쳤나 누가
잉크를 쏟아부었나 여름의 입구에 쪼그리고 앉은 수국
은 저 혼자 두근두근

어데로 갈까예? 저, 아무 데나 만 원어치만 달려 주세
요. 택시는 한 마리 생선처럼 헤엄쳐서 대교 근처 여관
앞에다 트렁크를 내던져 버린다 다리 아래를 내려다보
면 뛰어내리라 뛰어내리라 악마의 농담, 그때 검은 트렁
크는 서른 부근

어디에도 은신처란 없는 것이다 어디를 떠나와도 마
음이 따라다니니 소주 몇 잔에도 뱃고동 소리 간간하다
수국이 혼자 젖는다 아무래도 저 수국의 머리는 무게의
천형을 받았구나 나도 쪼그리고 앉았는데 어쩌나 내 머
리에도 천 개의 수국이 무겁게 피었어

어디로 가야 할까 저항이든 혁명이든 이 순간을 건너
가 보자 한철 아름다움의 명을 받아 무게의 천형을 머
리에 이고 가는 저 수국처럼 나는 내가 가진 생의 무게
를 건너가야 하리

뽀글뽀글 수국 파마를 한 여자가 여관 방문을 활짝
열어 놓고 소주를 마시고 있다 검은 트렁크는 열려 있다

해변 모텔

뒤엉킨 해안선 쪽으로 고스란히 입을 벌리고 있는 창이 있고 방 안은 검붉은 커튼이 휘날리고 있다 창문만한 선글라스를 낀 모텔 남자는 호스의 괄약근을 불끈 틀어쥐고 후드득, 후드득 더위를 관리하는 중이다

후드득, 오후가 성기처럼 빳빳이 고개를 쳐든다 후드득거리는 일이 또 무엇이 있겠는가 9월이면 샐비어가 필화단이 차갑게 달아오른다 건어물을 팔고 돌아가는 해변가 여자들이 모텔 쪽을 바라보며 진지하게 깔깔거린다 제기랄, 몸을 뒤트는 것들이 한둘이 아니야, 호스질을 멈춘 남자가 컵라면같이 메스꺼워진 속을 게워낸다

어리둥절 서 있던 사물들이 후드득 오후의 후미진 쪽으로 몸을 몰아간다 후드득거리는 투명한 알갱이 너머 환상 같은 것이 있다면 권태란 없을 것이다 후드득, 뻥 뚫린 창의 생각, 모르겠는 이들이 타인의 몸을 이끌고 와 지친 영혼을 바꿔 가는 시간에 해변 모텔 창문에 파도가 몰려와 반쯤 차올랐다 가라앉기를 반복할 것이다

3부

사람들이 우산을 쓰고도 비를 맞는다

자갈치 밥집

연탄불에 고등어를 구워 주는 식당을 찾아갔다
생선 좌판을 지나 건어물 가게를 지나
사내 하나가 허겁지겁 밥을 기다리는 중이었다
고등어가 익어 가는 동안 허술한 생각을 비워 가는
동안
주인은 그에게 펄펄 끓는 시락국을 먼저 내주었다
혼자 먹는 밥이 서럽지 않으려면
국은 저렇게 뜨거워야 하는 것이다
낯선 사람끼리 익숙한 듯 밥을 먹는다
낯선 사람끼리 쓸쓸함을 비벼 먹는다
비린내를 풍기며 기름내를 풍기며
어떠냐며 스스럼없이 마주 앉아 서로의 심장을 데
운다
고등어자반이 사천 원이라는 것
누구나 추웠던 한때를 기억한다는 것
사람들은 연탄불 같은 주인 여자를 실컷 쬐고 가는
것이다
세상에서 가장 따뜻한 식사를 마친 그들이

뿔뿔이 흩어져 돌아간다

대여섯 평이 될까 싶은,

그곳이 그들의 몸을 오래도록 지나간다

서생 한 상자

과수원 남자를 사랑하는 대신
서생* 배 한 상자를 사랑하기로 했지
꽃무늬 몸뻬 하나 입고 말이지
화장도 좀 하고 말이지
난전 장사를 시작했지

남자는 길가에 하얀 천막을 치고 밀짚모자를 쓰고
아프리카 원주민처럼 앉아서 사르르 연한 배처럼 웃
어 가면서
애 머리통만 한 게 어지간히 시원합니다요,

남자의 허연 이빨 사이로 넉살이 빠져나오기 바쁘게
상자 상자 상자가 팔려 나간다
이대로라면 우리 금방 부자 되겠어,
빈 상자를 냅다 차며 그가 흘러내리는 웃음을 주워
담느라
세월 다 간다
상자를 팔아야 생활이 도망가지 않는다구

저 상자 속 노란 대갈통 좀 봐 내가 낳기라도 한 것처
럼 사랑스러워

남녀가 아홉 시 뉴스를 보면서 다 늦은 저녁을 시청
하면서

담벼락

검은 지렁이 한 마리가 몇 년째 담장의 목덜미를 넘
어가지 못하고 있다
담장은 기울어져 있고 금이 간 통로로 어떤 이야기
가 새 나가고 있다
간밤 장대비가 내렸고 저 지렁이가 담장을 건너기
위해
얼마나 몸부림을 쳤는지 모를 일이다

이렇게 난해한 추상화를 이해할 수가 없어요
차라리 담장을 밀고 꽃을 심어요 담장이 비밀을 보
장하던 시절은 지났어요
이 지렁이를 책임질 예산이 없어요,
구청 공무원이 무뚝뚝하게 다녀가고

담장은 골똘한 생각에 젖는다
누가 지렁이의 고독을 구해 줄 것인가 지렁이 벽화
를 지나칠 때마다
사람들은 적의를 드러내지만 더 이상 회의는 이어지

지 못했다

　담장의 몸이 조금 더 기울어지고
　지렁이가 누워 있는 각도가 조금 더 예민해졌다
　금 간 담장을 타고 꿈틀거리는 지렁이의 몸이 점점 길
어지고 있다

우체국 앞 평상

길은 저 혼자 우체국으로 들어가 버렸고 바람은 측백나무 겨드랑이를 부채질하다 기절해 버렸다 우체국 앞에는 한 토막의 평상이 놓여 있고 직원들은 편지를 쓰지 않는 인류의 앞날을 걱정하며 평상 위에 놓인 더위를 구경한다

한 남자가 평상을 향해 걸어온다 남자의 바지를 그대로 갈아입은 그림자를 데리고 온다 남자가 측백나무 쪽으로 평상을 옮기자 그림자는 황급히 배웅을 마치고 돌아간다 못난 남자에게서 태어난 불행한 껍데기는 가라! 노숙에 지친 남자가 겨우 헛소리를 삼키며 평상 위에 눕는다 약지가 없는 남자의 손이 나뭇잎처럼 흔들린다 여름이 이렇게 춥다니

십자가를 짊어지듯 남자는 평상을 짊어지고 예수처럼 누워 있다 영원히 오지 않을 부활을 꿈꾸며 각도를 조금만 비틀면 폭염에 순교한 자로 기록될 광경이다

남자를 태운 평상은 생각하면 눈물이 핑 도는 모양
이다

문학

창고에 비가 새고 책들이 비에 젖었다 오규원 현대시
작법, 이성복 남해금산, 97 신춘문예 당선시집 들이 손
수레로 리어카로 어딘가로 실려 나갔다 이번에는 이번
에는 한때는 한때는, 했던 욕망들이 쓸모없는 냄비처럼
밥그릇처럼 슬퍼져 버렸다 릴케도 이상도 김수영도 박
인환도 지금쯤 동네 고물상에서 만나 악수를 하며 그
시절의 무거움을 나누고 있으리라

정체된 청춘이었던 어두운 창문이었던 불안이었던
불안이지 않았던 창고의 시절

"젖은 책들은 책의 몫이 아니었다 자신도 모르게 점
차 무거워졌던 것이다 책등을 타고 거미 한 마리가 기어
나왔다"* 어느 슬픈 문장 위를 기어 다니고 있었다

나는 이제 괜찮다
나는 이제 괜찮지 않다

창고는 다시 어둡고 창문이 흰 달처럼 걸려 있다 창고

가 온몸에 불을 켜고 어디론가 가고 있다 창고가 움직인
다 한 척의 창고가 어디로 가려는 걸까

* 어느 인터넷 블로그에서 읽은 기억이 있음

저, 구두

가로등 아래 버려진 구두 한 짝
비가 고여 있다

구두가
밤새도록
비를 먹고 있다

구두가 입안 가득 눈물을 삼킨다
눈물은 쏟아내는 게 아니라
저렇게 묵묵히 먹어야 하는 것이다

비는 쏟아지고
구두는 밤새도록 눈물을 모시고 있다
구두의 적멸궁寂滅宮을
비가
밤새도록 목탁 친다

밤의 정원

그에게는 달이 있고 구덩이가 있다
죽은 짐승의 등짝이 있고 아름다운 발가락이 있다
그에게는 두려움이 있고 하품하는 새의 희롱이 있다

그는 노란 달 모자를 쓰고 구덩이를 판다
밤의 정원에는 꽃이 없고
나무들은 털 짐승처럼 우두커니 그를 울어 주고 있다
지구의 살갗을 뚫고 나온 나무들이
부드러운 짐승이 되어 서로의 슬픔을 누리는 밤이다

왜 밤에 구덩이를 파나요, 내가 암기한 생을
암매장하고 있지요
허술한 질문과 대답이 오가는 밤의 시절

어둠을 비 맞고 지나가는 고양이와
달이 지나가는 것과 삶이 지나가는 것을 바라본다
행복은 잠적한 지 오래되었고
밤의 기슭에서 시간은 연인처럼 손을 잡고 흘러나온다

그가 구덩이 속에 박혀 있는 달을 꺼내고
한 그루 자신을 심는다
반짝이 이파리 하나 없는 추레한 나무가
이리저리 자신을 흔들어 본다

아빠도 아닌 남편도 아닌
그 무엇도 아닌 그가
두 팔을 뻗고 어둑한 세계 안에 서 있다

저녁의 신데렐라

골목을 사과 깎듯 돌아가는데 그때 막 모퉁이를 지나가는 남자와 부딪혔지 다 저녁에 웬 선글라스냐고, 따질 새도 없이 선글라스는 급히 사라지고 그걸 노려볼 새도 없이 검은 머리 저녁이 온다 건너편 이 층에서 창을 파고 앉아 커피를 마시는 여자는 뽀글뽀글 파마머리로 책을 읽는다 신호등의 사람들은 크렘린 광장의 조각상처럼 근엄하게 서 있고 나는 그 옆 낡은 건물에 서서 팔리지 않는 노점상의 불빛과 야채를 걱정하는 사람

가로수가 검은 머리채를 휘날리며 걸어가고 나는 길가에 버려진 꽃다발을 멀리 집어 던져 버린다 향기가 없는 꽃은 치욕적이다 거리에는 달콤한 고독처럼 아이스크림을 먹으며 지나가는 연인들이 있고 나는 희미한 분홍의 기억을 따라 계단을 올라가는데 누가 남아 있는 계단을 들고 사라져 버렸다

저녁의 긴 목이 굴뚝 연기를 피워댄다 나는 더러운 드레스를 입고 검은 파우치를 들고 어디론가 달려가는 저녁의 신데렐라

이 저녁 누가 나에게 구두를 던져 주세요

자정

문을 닫은 꽃집 앞에서 취객 하나가 눈알을 넣었다 뺐다 구토를 한다 사람들이 쯔쯧, 혀를 찬다 택시는 잡히지 않는다 고양이 두 마리가 서로의 울음을 갖고 논다 편의점은 한 척의 배처럼 정박해 있다

보리차가 식어 가고 그릇과 흰밥은 기도 같다 가로등이 밤새도록 만든 눈물을 새벽까지 보관하고 있다 개새끼! 욕이 어느 집에서 뛰쳐나온다 냄비 던지는 소리가 책상 위로 날아든다 등이 굽은 할머니가 골목에다 모르는 척 쓰레기를 버리고 간다

아래층에는 선인장 가시를 키우는 화분이 있고 꼬리가 반쯤 잘린 고양이가 있고 모과 바구니가 있다 낮에는 채반에다 생선을 말린다 파리가 꼬이는 것을 보았다

겨울이 오고 있다 가고 있다 가등이 켜진 좁은 산책로에는 벤치가 있다 밤거리를 헤매고 다니던 밤을 생각한다 돌아오지 않는 사람을 기다리는 것도 자정의 일이다

영도에 갔다

영도에는 영도다리가 있다 영도다리는 하루에 한 번 가위처럼 다리를 벌린다 외항에 정박된 배들을 보았다 자갈마당 포장마차 어묵을 먹었다 생선 한 마리를 먹은 것 같았다 흰여울길을 지나치고 말았다 긴 해변의 허리를 끼고 집들이 매달려 있는 곳이라 했다

깡깡이마을을 찾아가는 길이다 추적추적 햇볕이 봄비 같다 스티로폼 화분에 배추가 자라고 있다 이발소 앞에는 난닝구만 입은 아저씨가 의자에 앉아 있다 슈퍼에서 소주를 마시는 노인들과 경북상회 쌀집 희미한 간판 글씨와 마주쳤다 여기서는 지난날들이 계속되고 있다 추적추적 햇볕을 맞으며 걷고 걸어야 할 곳이 많다

저녁에는 산동네를 가 보았다 저녁의 빛이 그곳에 다 모여 있었다 검고 따뜻한 어둠이 흘러나오는 골목을 혼자 돌아다니는 것이 좋았다 이런 기억을 어디다 넣어 두어야 할까 곱창처럼 구불구불한 골목이 진지하게 이어졌다

고요한 냄새가 났다 불빛 아래서 밥을 짓는 할머니의
부엌을 조금 훔쳐보았다

별이 빛나는 낮에

이제 더 이상 살 수 없겠구나 말하면 희망이 화를 내
겠지
이제 겨우 살 수 있겠구나 말하면 절망이 화를 내겠지
햇볕이 앙상하게 부는 날 검정 우산을 쓰고
나는 해변으로 갔지
대낮에도 반짝반짝 밤하늘이 펼쳐져 있는 곳이지
대낮에도 불을 켠 기차가
미친 듯이 지나가는 곳이지
나는 매일 우산을 쓰고 해변으로 갔지
아무라도 날 알아볼 수 있도록
비를 쓰고 구름을 쓰고
누명을 쓰고

파도가 최선을 다해 밀어 올린 해변의 것들
피붙이같이 엉켜 있네
나도 그 곁에 쪼그리고 살면 안 되나
슬픈 일은 혼자 앓아야 하는데도
모래와 파도와 죽은 갈매기에게

두근두근

내 얘기를 털어놓기에도 하루가 짧았지

내일도 해변으로 갔지 모레도 해변으로 갔지 영원히
갔지

나는 날마다 그곳에서 무엇이든 쓰고 썼지

누명이든 고통이든 쓸쓸함이든

벚꽃 십 리

십 리에 걸쳐

뱀 한 마리가 길을 간다

희고 차가운 벚꽃의 불길이 따라간다

내가 얼마나 어두운지

내가 얼마나 더러운지 보여 주려고

저 벚꽃 피었다

저 벚꽃 논다

환한 벚꽃의 어둠

벚꽃의 독설

내가 얼마나 뜨거운지

내가 얼마나 불온한지 보여 주려고

저 벚꽃 진다

겨울 음화

트럭의 사내가 허겁지겁 짬뽕을 먹고 있다
짬뽕 국물에 추위가 녹는다

허겁지겁 사람들이 지나가고
허겁지겁 추위가 뛰어가고

텅텅 소리가 나도록 아무도 없는 길바닥에
혼자 덩그러니 주저앉은 겨울

사과 한 소쿠리 5천 원, 밀감 한 소쿠리 3천 원, 감자,
고구마…
소쿠리마다 담긴 추위, 추위들

오늘은 1월 20일이고, 내일은 1월 21일이다

거리에서

가로등이 가로등이기 위해 불을 켠다
지금은 여섯 시를 지나 야채가 시드는 시간
찻집은 약속을 어기는 사람들을 위한 곳
가로수들은 무거운 가방을 내려놓듯 나뭇잎을 내려
놓는다
기린처럼 걸어가는 사람들
양복들이 작업복들이 모퉁이로 어디로든 몰려가고
애인에게 줄 꽃을 사는 꽃집은 번성한다
비스킷처럼 바스라지는 시간들
시간도 물질이라는 생각

저녁의 공허를 향해 몰려가는 구름들
고양이는 고양이라서
비둘기는 비둘기라서 슬픈 울음들

혼자 사는 노인과 찬장 속의 그릇과 식은 밥을 떠올
린다
내가 너무 오래 걸치고 다녀 따로 노는 팔다리는

염소를 닮았다 고양이를 닮았다 비둘기를 닮았다

낭만이 모자라는 인류를 위한 공원에는
사람들이 우산을 쓰고도 비를 맞는다

검은 밤 흰 해변

한 장씩
한 장씩
바다가 밀어내는 백지가
모래톱에 쌓인다
당신이 나 때문에 많이 괴로웠으면 좋겠어
내가 보낸 백지 받았지?
나는 생애를 바쳐 당신을 고민 중이야
파도에게는 모래톱이 절벽일 거야
흰 치마를 입고 저리 뛰어내리고 있는 저 여자를 보
라고!

4부

기다리는 것도 직업이 될 수 있다면

밥

밤이다
아니 밥이다
나는 어쩌다 자정에 밥을 짓는 사람
밤은 외롭고 밥도 외롭다
작은 호수에 잠긴 쌀은 조약돌처럼 얌전하다
쌀이 이렇게나 아름다울 수 있다니!
나는 그곳에다 경건한 손목 하나를 바친다
창가에는 벌레처럼 기어오르는 어둠이 있고
나는 진지하게 밥물을 쏟아내는 밥솥 곁에서
울컥 식구들을 만난다

밥이 빛나는 밤이다
희디흰 저 밥을 위하여
우리가 헤매었던 순간들
밥은 먹었느냐
밥은 먹고 사느냐
밥벌이는 하느냐
밥이 밥에게 안부를 묻는다

밥 냄새가 진동한다
한 그릇의 밥이
자정을 다 먹어 치운다

임랑

그래 당신은 평생 고양이지 맞지?
정오인데 시계는 여섯 시를 가리키고 있다
고양이 두 마리가 서로의 슬픔을 물어뜯는 걸 본다

시락국 4천 원→표식을 따라 우리는 한 토막 식탁에
마주 앉았다
8월인데 시락국이라니 여름엔 땀을 좀 흘려야지,
사소한 결정을 비틀면서 더위는 절정으로 가고 있다
해변 창고를 개조한 식당에 식탁보의 꽃무늬가 지루
하게 끼어든다
선글라스 좀 벗지 그래,
그가 흰 치아를 드러낸다

노인처럼 덜덜거리는 선풍기 하나에 뻘뻘 땀을 말아
먹는 판인데
에어컨 기사가 사흘째 전화를 안 받아요,
미안해진 주인 여자가 깍두기 한 접시를 더 내온다

파라솔 아래 정적이 뜨겁다

더위만큼 뜨거운 시락국에 얼굴을 처박고 있던 그가

공연한 걱정으로 모래톱을 바라본다

널린 게 파라솔이네 널린 게 모래톱이네

그는 비어 있는 것에 공포를 가진 사람처럼

텅 빈 백사장을 걱정하며

여기 시락국 좀 더! 외친다

시락국이 되어 시락국에 얼굴을 처박고 있던 그가

우리 여기서 다 그만둬 버릴까?

누구의 생각이 먼저이든

식어 버린 시락국 탓을 하며 당신은 지구 밖의 지구
인이 되어 있다

식당 창으로 파도가 상영되고 있다

누군가를 견딘다는 일과

왔다가 갔다가 파도치기의 반복을 견디는 바다의 일
을 생각한다

기다리는 것도 직업이 될 수 있다면

몰래 예뻤던 목련

목련이 지고 있다 문을 닫은 지 오래인 카페 앞에서 자목자목 목련이 지고 있다 아무도 몰래 예뻤다가 색종이처럼 떨어져 내리는 목련, 그 많던 사람들은 어디로 갔나 여기 목련이 지고 있어요, 누가 확성기 좀 빌려줘요! 나는 트럭을 얻어 타고 마을을 돌며 목련의 임종을 알려야 하리

그 많던 사람들은 어디로 갔나 목련은 저 혼자 예뻤다가 어두운 카페 유리창에 제 몸을 비춰 본다 화려한 누더기를 걸치고 있는 목련의 울음이 흑흑, 떨어져 내린다 화양연화의 시절이 간다

나무 절벽 아래 떨어져 내리는 것이 있다 치마가 거꾸로 뒤집힌 채 낙화하는 헝겊 인형의 추락사를 본다

목련국에 오신 것을 환영합니다 푯말을 내걸었던 한 장의 봄날이 저만치 간다 나는 아무도 없는 카페의 목련 밭에 서서 허전한 목덜미를 자주 만져 본다

벚꽃나무 당신

당신은 그렇게 환하게 울고 있다
나는 당신의 뚱뚱한 허리를 껴안고 사진을 찍는다
벚꽃은 아름답고 우리는 가장 슬픈 모습을 사진 찍
는다
벚꽃은 지루하고 우리는 가장 행복한 모습을 연습
한다

버스를 놓치고 혼자 걸어가는 봄날 저녁이 있었다
검은 담장 사이로 당신의 긴 목이 보이고
나는 플라스틱 의자에 올라서서
당신의 흰머리를 가위로 뭉툭 잘라낸다
망가진 머리를 보고 우리는 손뼉을 치며 웃었다
이 사실을 무뚝뚝하게 기록하려는 자들이 있고
오늘은 벚꽃이 지고 내일은 벚꽃이 핀다

바람이 지나가는 곳에
벚꽃의 행렬이 있다
벚꽃의 장례식에는 아무도 참석하는 이가 없다

수국

절 마당 수국꽃 비를 맞는다
수국꽃 위에만 도착하는 비
칠월의 긴 손가락이 수국의 창백한 뺨을 두드린다
비에다 제 뺨을 온전히 내어 주고 있는 수국
눈물을 가두어 둔 듯
비는 흘러내리지도 못하고 꽃잎에 갇혀 있다

수국이 울고 있다
벽에 이마를 대고 울고 싶은 사람을 위해
수국의 눈썹이 저렇게 떨리고 있다
눈물에 이르지 않기 위해 우리는 얼마나 몸부림을
쳤나
쏟아지는 비에 수국은 파리하게 젖어 간다

나는 저 어린 꽃에게 다가가 살며시 우산을 씌워 주
고 싶지만
방법이 없다
다들 화려한 꽃세상 같지만

어디선가 간장같이 짠 눈물을 흘리는 이가 있기 마련
이다
눈물은 상처에 바치는 공양이다

비가 그치고
수국꽃에 연등처럼 불이 들어온다

숲

방아깨비처럼 날씬한 소년이 자전거를 타고 지나갔다
콘크리트 길은 숲으로 연결되어 있고
숲에는 새가 있고 나무들이 있다
연인들이 보자기 같은 텐트를 치고 밥을 짓는다
졸졸 개울 소리를 듣고 내려가는 계곡이 있고
비누알 같은 돌멩이들이 반짝인다

순식간에 주택을 장만한 연인들이 부동산처럼 웃는다
자꾸 웃는다 웃기 위해 웃는다
숲이 거기에 잠시 집중한다
오후에는 누구나 숲으로 몰려든다
누구나가 되기 위해 손뼉을 치고 춤을 추고 욕을 한다
키 큰 나무에 매달린 잎들이 햇볕을 만나
꽃이 되는 순간을 본다
소란을 나누던 사람들이
밀랍 인형처럼 앉아 김밥을 먹는다
김밥이 그들을 김밥 먹는다
숲은 아름답다

자귀꽃 저녁

자귀꽃이 피었고 기울어진 담장이 있고
뒷주머니에 도끼빗을 꽂고 골목을 돌아가는 사내
가 있고
그런 저녁을 생각할 때가 있고
그런 당신을 나눌 때가 있고
어두운 창문의 시절 문을 두드리던 빗방울도 마찬
가지
세월은 계단에 앉아 하는 일 없이 놀기만 하지
다 시든 꽃들 그래도 품어야지 하는 화분이 있고
덩치만 크고 무뚝뚝한 전봇대는 어쩔 수 없지

자귀꽃이 피었고 기울어진 담장이 있고
나는 친척들이 사라진 골목에 혼자 발견되고 있지
발굴되고 있지
한여름에 전화선을 타고 날아든 당신의 목소리 가
로수 같아
그 아래 책상을 놓고 서기처럼 앉아서
이 지독한 여름을 기록할까요

이 지독한 사건을 필사할까요
당신에게만 보여 주고 싶은 자귀꽃과
담장과 새장과 불쌍한 화분과
이가 빠진 접시와 깨진 유리컵과
노인들이 마시는 소주와 주전부리와
빈집과 빈집들 사이
어느 틈에 나는 이렇게나 많은 과와, 따위들을 가지고
당신을 논다

여름은 못다 한 슬픔을 놀고먹는 베짱이의 계절
아이스크림이 검은 콜타르를 젖 먹이고 있다
나는 골목을 던지고 거리로 나가 지나가는 사람들을
마구 쳐다본다
핫팬츠를 입은 여자들의 샌들과 선글라스를 낀 자동
차를 본다
붉은 혀를 할딱이며 지나가는 개들을 봤다
본다 봤다 사이의 수많은 발생을 본다
거기에 당신이 항상 줄 서 있다

아내의 식탁

꽃무늬 식탁보를 깔아 놓고 나물처럼 웃던 아내가 없다
시뻘건 고무장갑 끼고
척척 김장을 해대던 아내가 없다
싱크대 냄비 된장찌개 시어 터진 김치 어디에도 아내가
없다
모락모락 밥솥과
사과를 깎아 내놓던 네모난 접시
신문지는 그대로 쌓여 있고
자전거는 비스듬히 세워 두었고
모든 것은 여전히 있고 여전히 없다

아내는 전화를 받지 않을 것이다
꼬불꼬불 파마머리 아내는 전화를 받지 않을 것이다
베란다에 오이꽃이 피었다
아내는 저 오이꽃을 생각조차 하지 않을 것이다

나는 세수도 하지 않고 라면만 끓여 먹는다
나는 추리닝만 입고 티브이만 본다

나는 깡소주를 너무 많이 마신다

많은 일들이 지나갔다 지나가지 못했다
식탁은 식탁이고 형광등은 형광등이다

창밖창밖 비가 내린다 이 비는 아내의 것이다
아랫집 김치찌개 냄새 올라온다
아내는 김치찌개를 싫어했다
창밖창밖 아내는 비를 따라 사라졌다

쑥 캐는 남자

남자는 들판에 매달려 쑥을 캐고 있다 검은 봉지 가득 쑥이 쌓인다 천지 사방 털처럼 돋아난 것들이 남자를 에워싸고 있다 남자는 들판 감옥에 갇힌다 남자는 딱정벌레처럼 들판을 기어간다 쑥 향기가 남자 주위를 떠나지 못하고 있다 남자는 한 마리 염소처럼 언덕에 고삐 매여 계속해서 쑥을 뜯고 있다 들판에는 남자와 검은 봉지와 쑥이 자라고 있다

들판에는 남자와 쑥이 사라지고 나타나기를 반복한다 인류에게 먹일 양식이라도 마련하는 양 남자는 오로지 쑥에 미쳐 있다 쑥은 쌓이고 쌓인다 천지에 쌓인다 바람에 남자의 흰머리가 거침없이 날린다 남자는 쑥에 갇히고 검은 봉지에 갇히고 슬픔에 갇힌다 이 어처구니없는 반복을 당장 그만둬요! 언덕이 아예 사라지고 없잖아요, 여자는 그렇게 언덕에 잠깐 나타났다 사라져 버렸다

남자가 등짝의 검은 봉지를 떼낸다 봉긋한 쑥 무덤

이 쏟아진다 남자가 쑥을 캐요? 집에 우렁각시가 있나
요? 길에서 만난 여자들이 소문과 기억을 복사하는 동
안 남자는 지난해 목련나무가 죽은 집으로 들어간다

9월 1일

맹도견을 끌고 가는 사람이 해가 지는군 하며 지나간
다 백양나무를 사무치게 하던 바람이 어느 집 앞에서
머물고 있다 8월은 노숙자처럼 게으르고 텃밭에는 상추
와 갓이 속성으로 자란다 성실한 것은 채소들뿐이다
8월을 보내는 데 몇 초밖에 걸리지 않다니! 일력을 뜯어
내자 순식간에 9월 1일이 되었다 8월은 단순하고 9월은
조용하다

밥그릇, 칼, 간장 병, 커튼, 책, 신발, 고양이, 목이 긴 화
병 따위를 떠올렸다 이상하다 이 사소한 것들은 지금
나의 상황과 무관한데 그것들은 모두 내 방에서 부엌에
서 마당에서 쓸쓸하다

오전에 기차가 다니지 않는 철길을 두 번 다녀왔다 친
구는 괜스레 흰 장미를 사 왔다가 밥만 먹고 돌아갔다
나는 다시 9월 1일에 집중했다 9월 1일이 누구인지 모르
겠다 9월 2일 또한 다르지 않을 것이다 9월 1일이 9월 2일
쪽으로 이동하고 있다 9월 1일의 뒤통수를 한 방 먹이고
싶다 오늘은 9월 1일이고 내일은 9월 2일이다

바닷가 여자

죽은 척 가만히 엎드려 있는 광어다
그대로 바닥에 내동댕이친다
여자가 면장갑을 끼고 광어 한 마리를 회 치고 있다
광어는 뜬눈으로 꼬리를 탁탁 치며
지가 회 쳐지고 있는 것을 고스란히 받아들인다
노련한 여자가 내장을 건드리지 않는 기술을 쓴 탓이다

살을 흠집 내어 비늘 위에서 칼을 멈춘다
투명한 생선의 살점에 레몬즙을 살짝 뿌리자
창백한 활어차 사내의 얼굴이 하얀 살들과 겹쳐진다

오후의 햇살이 해변을 돌아다닌다
도마 위에 햇살이 칼처럼 꽂힌다
수조는 자궁처럼 고요하고 남은 광어는 납작하게 엎드
려 있다

죽은 척 엎드려야 하는 것이 삶이라면,
광어가 여자가 지그시 눈을 감고 있다

해변의 파도가 사내의 그것처럼 요동친다
파라솔 그늘이 어둡고 검다
더 이상 손님은 들지 않고
여자는 아침에 활어차 사내와 나누던 욕설을 떠올린다
시퍼런 욕이 사내의 몸 냄새같이 비리다
개새끼!
소주잔에 파도가 반쯤 차오르는 시각이다

바닷가 마지막 집

햇살이 꼬들하다
무거운 고요가 더러운 개 한 마리를 끌고 다니는 정오
빨간 다라이에 핀 접시꽃이나 본다
채반에 널린 납세미나 본다

상자같이 허술한 집에 건들건들 한 채의 배를 타고 앉
은 듯
달포째 저렇게 잠겨 있는 사내,
이런 개…
설핏한 나이에 죄다 욕으로 마시는 소주를 뭐라 말
할까
모든 걸 다 떨어먹고 여기까지 와서
생이 이렇게 요약될 줄 몰랐다
그래 어쩔래, 나 이제 고집 센 쉰이다

창문도 말이 없기는 마찬가지
사내를 닮은 집도 말이 없다
그 둘이 서로를 껴안고 있는 동안

사내는 선창가나 한 바퀴 돌까 말까

천막 횟집에 상추 쌈을 싸 주느라 난리도 아닌 커플이
입이 찢어져라 좋아 죽는다
확, 불이라도 싸지르고 싶은 저녁이라면 어쩔 것이냐고,

파도 소리 귀에 고이도록 쉰을 넘긴
한 척의 사내 기우뚱, 서럽다

편의점 생각

편의점에는 편의한 생각이 있다 삼각김밥이 있고 19세 미만 술과 담배 금지가 있다 찐빵과 어묵이 있고 즉석 북엇국이 있고 즉석 미역국이 있다 로또복권이 있고 밤을 잊은 그대가 있고 아저씨 술 작작 드세요가 있다

편의점에서 한 살 더 먹는 소년이 있고 컵라면으로 슬픔을 때우는 인류가 있고 욕으로 김밥을 욱여넣는 이가 있다 배가 고파 달을 먹는 고양이가 있고 진열대 재고를 걱정하는 사장이 있다 모든 것이 있고 모든 것이 없는 편의점의 날씨가 따로 있다

편의점으로 놀러 간다 화성에서 내려온 밤의 케이블카처럼 편의점이 환하게 빛난다 자다가 웃다가 울다가 온통 편의점으로 가득 찬 생각들이 밥 먹으러 간다 죽으러 간다 살러 간다 편의점의 삶이 계속된다
미치도록,

붉은 치마를 입은 소녀

붉은 다후다 치마를 입은 소녀가 막대기로 뱀을 건드린다 죽은 줄 알았던 뱀이 순식간에 풀섶에다 몸을 꽂는다 초록이 시퍼렇게 힘을 주고 있다 소녀의 두 눈이 풀 위에 떠 있다 울음이 터져 나와도 눈물이 나지 않아, 관중이 없으니 울어도 소용없을 거야, 소녀의 제비꽃 반지가 흘러내린다 발로 짓이겨 버린다

구름이 내려온다, 풀섶이 소용돌이친다 놀란 벌레들이 알을 까다 말고 운다 주저앉아 우는 것이 한둘이 아니다 내가 일일이 달래 줄 수도 없고 자장가라도 불러 줄까 아니야, 자장가는 엄마가 자신을 돌보는 노래일 뿐인 걸, 코를 풀어 옷에다 쓱, 문질러 버린다

저녁이 온다 간다 제비꽃 보자기 하나 언덕을 흘러간다 바람이 보자기 네 귀퉁이를 들고 내려가는 중이다 뱀과 제비꽃이 소녀의 얼굴에 오래 새겨져 있다 소녀의 장화가 새끼 고양이 같은 소녀를 태우고 사라진다
집,에 등장한 소녀가 빨간 치마를 벗어 던진다 다후다

치마가 계속 버석거린다

사과와 트럭

트럭 위에서 사과가 잠을 잔다
한 봉지 오천 원! 을 외치던 팔리지 않는 사과가
남자를 대신해서 똥파리를 대신해서
늦가을의 오후를 곤히 잔다
모처럼 사과를 벗어난 사과는
트럭도 버리고 남자도 버리고
오로지 완벽한 잠이 되어 트럭을 잔다

사람들은 무심히 지나간다
지붕 밑의 잠보다 거리의 잠이 익숙한 사과가
부드럽고 따뜻한 잠을 잔다
오후가 늘어났다 다시 짧아지기를 반복하고 있다
트럭은 어디든 갈 수 있는 바퀴를 가졌으면서
같은 곳에만 멈춰 있다
마트 사거리도 괜찮고 시장 앞 모퉁이도 나쁘지 않은데
조금만 움직여도 트럭과 사과와 남자의 인생이 달라졌
을 텐데
사과는 딱 그만큼만 멈추어 있다

트럭도 남자도 딱 그만큼만 멈추어 있다

삶이 품고 있는 질문들

남승원(문학평론가)

1.

손음 시인의 시집 『누가 밤의 머릿결을 빗질하고 있
나』를 읽고 난 사람들이라면 누구나 시인의 삶에 대
해서 꽤나 많은 정보들을 접하게 되었다는 생각이 들
것이다. 근처 시장의 좌판을 물끄러미 들여다보거나,
무심히 피고 지는 꽃을 골똘히 들여다보는 그의 시선
은 언제나 자신의 생활 반경 안에 존재하는 것들에 깊
은 관심을 두고 있기 때문이다. 이렇게 시인의 눈에 포
착된 모습들은 특히 바다 냄새 가득한 공간과 함께 우
리 현실의 모습과 구별 없이 나란히 놓이게 된다.

시의 존재가 고단한 우리 일상과 가장 가까이에 있
어 주기를 바라는 요구는 시인의 운명 안에서 당연한
것처럼 여겨지기도 한다. 이는 주어진 삶의 몫을 치열
하게 감당하며 살아가던 우리들이 문득 펼쳐 든 시집
을 통해서도 시문학의 존재를 인식하게 만드는 계기
가 되어 주기 때문이다. 이 같은 순간은 어느 누구도
쉽게 동의할 수 있을 만큼의 가치를 발견하는 일은 아
닐지도 모르겠지만, 최소한 한 사람에게는 가장 큰 위

로가 되어 주는 시간일지도 모르겠다.

밤이다
아니 밥이다
나는 어쩌다 자정에 밥을 짓는 사람
밤은 외롭고 밥도 외롭다
작은 호수에 담긴 쌀은 조약돌처럼 얌전하다
쌀이 이렇게나 아름다울 수 있다니!
나는 그곳에다 경건한 손목 하나를 바친다
창가에는 벌레처럼 기어오르는 어둠이 있고
나는 진지하게 밥물을 쏟아내는 밥솥 곁에서
울컥 식구들을 만난다

밥이 빛나는 밤이다
희디흰 저 밥을 위하여
우리가 헤메었던 순간들
밥은 먹었느냐
밥은 먹고 사느냐
밥벌이는 하느냐
밥이 밥에게 안부를 묻는다
밥 냄새가 진동한다
한 그릇의 밥이

자정을 다 먹어 치운다

—「밥」전문

　이 작품에 그려진 밥을 짓고 있는 자정의 시간이 그
렇다. "자정에 밥을 짓는"다는 것은 늦게까지 이어지
는 일을 마치고 귀가하는 식구를 위해서이거나 또는
새벽같이 이른 시간에 일을 나갈 수밖에 없는 사람을
위해서 하는 행위로 생각될 수밖에 없다. 아마 누구도
스스로를 위해서라면 이 시간에 굳이 밥을 새로 준비
하지는 않을 테니까 말이다. 그런데 남을 위해 무언가
를 하는 행위자에게 이 시간은 오히려 외로움의 시간
이기도 하다. 타인을 위한 행위들을 보면서 그것이 결
국 본인에게도 어떤 만족을 주지 않느냐고 말할 때 우
리는 사실 그 행위자가 감내하는 대가를 너무 쉽게
지나쳐 버리는 것일지도 모른다.

　'자정의 시간'이 보다 특별하게 다가오는 이유가 여
기에 있다. 이 시간은 다른 사람을 위해서 무엇인가
를 준비하는 것이 가능하기 때문에 소중하게 다가오
기도 하지만, 그 이면에서 희생적 행위를 마다하지 않
는 행위자의 '외로움'에도 주목하고 있기 때문이다. 이
제 주인공은 평소라면 알아채지도 못했을 '쌀의 아름
다움'을 발견하거나, 밥물을 재는 평범한 자신의 행위

도 "경건한" 몸짓으로 변화하는 속에서 "울컥 식구들을 만"나게 된다. 우리가 서로의 안부를 확인하는 말들 속에서 "밥"을 나누는 것처럼, 작품 속 "밥 냄새가 진동"하는 자정의 시간을 통해 우리는 구체적인 위로의 방편으로서 시문학을 만나게 된다.

연탄불에 고등어를 구워 주는 식당을 찾아갔다
생선 좌판을 지나 건어물 가게를 지나
사내 하나가 허겁지겁 밥을 기다리는 중이었다
고등어가 익어 가는 동안 허술한 생각을 비워 가는
동안
주인은 그에게 펄펄 끓는 시락국을 먼저 내주었다
혼자 먹는 밥이 서럽지 않으려면
국은 저렇게 뜨거워야 하는 것이다
낯선 사람끼리 익숙한 듯 밥을 먹는다
낯선 사람끼리 쓸쓸함을 비벼 먹는다
비린내를 풍기며 기름내를 풍기며
어떠냐며 스스럼없이 마주 앉아 서로의 심장을 데
운다
고등어자반이 사천 원이라는 것
누구나 추웠던 한때를 기억한다는 것
사람들은 연탄불 같은 주인 여자를 실컷 쬐고 가는

것이다

　세상에서 가장 따뜻한 식사를 마친 그들이
　뿔뿔이 흩어져 돌아간다
　대여섯 평이 될까 싶은,
　그곳이 그들의 몸을 오래도록 지나간다
　　　　　　　　　　　　　　　―「자갈치 밥집」 전문

　구체적인 삶의 현장에 주목하면서 그것을 자신만
의 시적 원동력으로 만드는 손음 시인의 특징적 면모
를 다시 한 번 확인해 보자. 이 작품 역시 먹는 것과
연관되어 있는 장면을 배경으로 하고 있다. 특히 현실
과 관련지어 생각해 봤을 때 시장통에 있는 "사천 원"
짜리 백반집이란 그야말로 생명을 유지하기 위한 가
장 기본적인 행위로서의 식사와 직접적으로 연관되어
있는 장소라고 할 수 있다. 그곳에 놓여 있는 "펄펄 끓
는 시락국"이나 "고등어자반"과 같은 소재들은 시인
의 직접적인 진술이 아니더라도 "세상에서 가장 따뜻
한" 위로인 동시에 사람이라면 누구나 누려야 할 가장
기본적인 생존의 조건임은 물론이다. 결국 이곳을 거
쳐 가는 사람들이 "연탄불 같은 주인 여자를 쬐고" 간
다는 표현에는 하루하루를 힘들게 버티면서 살아가
는 사람들에 대한 위로와 격려가 이 공간에 담겨져 있

음을 알게 된다.

서민적인 소재나 장소가 불러일으키는 익숙한 의미로만 여기지 않도록 다시 한 번 강조해 두고 싶다. 시인이 주목하는 것은 누군가의 일방적 희생이나 아주 큰 대가 또는 미래에 대한 보장으로 이루어지는 행위가 아니다. 자신의 이기심을 그저 조금 줄여 나가는 일상적 행위들이 곧 타인에게 위로가 되어 큰 역할로 확산되는 가능성을 명확하게 보여 주고자 하는 것이다. 여러모로 넉넉지 않은 우리들의 삶이 그래도 유지되어 가는 현실의 모습이 그렇듯 말이다.

2.

그렇다면 지금 손음 시인의 『누가 밤의 머릿결을 빗질하고 있나』에서 이야기하고 있는 현실적 모습이 갖는 의미란 과연 어떤 것일까. 생각해 보면 현실의 부조리가 더없이 심해질 때 우리들은 시문학이나 시인에게 그저 현실을 보여 주는 데에 그치는 것이 아니라 그것을 넘는 역할을 요구하기도 한다. 그렇지 못한 작품들의 나태를 사뭇 질책하는 것 역시 우리 문학사에서 쉽게 찾아볼 수 있는 장면이기도 하다. 스웨덴의 시인 트란스트뢰메르가 2011년에 노벨문학상을 받게 되었을 때 많은 외국의 언론들이 정치적인 문제를 외면했던 그의 수상이 의외라고 지적했던 것을 잠시 떠올려 보면 이는 비단 우리 안에서만 벌어지는 일은 아닌 것도 같다.

　이처럼 손음 시인이 보여 주고 있는 현실적인 장면들을 따라 우리 삶의 모습을 다시 한 번 확인하는 과정에서 우리는 시와 시인에게 지금껏 모순적인 요구가 지속되어 왔음을 알게 된다. 그리고 진정한 가치가 무엇인지에 대한 생각에 골몰하게 될 수밖에 없다. 평범한 일상의 모습 자체에서 진정한 의미를 찾을 수 있는 것인지, 아니라면 그 일상의 너머에 더 진정한 가치들이 있는 것인지 말이다. 이 모두는 결국 시문학이 보다 진정성이 있는 것들과 연관되어 있어야 한다는 믿음이 반영되어 있는 질문이라고 할 수 있다. 앤드류 포터의 경우 '진정성authenticity'이란 세상을 논하는 방식 중 하나이며 어떤 실체를 가지고 있지 않다고 말하기도 한다. 따라서 그것이 허구라는 점을 깨달아야 하는 것이 더 중요한 문제이며, 진정한 것에 대한 요구가 마치 확실한 가치를 찾아 나가는 목표로 여겨지는 것 역시 비판적으로 검토해 보아야 한다는 것이다. 사회적 가치로 부여되는 목표들이 상업적 가치와 더 크게 맞물려 있는 현실에서 이는 마땅한 우려처럼 보인다. 손음 시인이 그리는 행복과 고통이 하나로 맞물려 있는 우리 삶의 현장은 이른바 진정성이 상실된 시대에 바로 그 질문을 환기하고 있는 것처럼 보인다.

마당에 새의 울음이 곤두박질친다 처마 밑에서 시작된 전선은 어딘가로 연결되어 있다 자목련 그늘이 짙다 스티로폼 박스에 채소들이 자란다 할머니가 무사처럼 식칼을 들고 부엌으로 들어간다 눈알이 돌아간 닭 모가지를 그러모아 네이미럴, 네이미럴, 할머니의 종교는 네이미럴, 식구들은 봄날이 가는 것을 밀고 또 밀었다 욕쟁이 할머니가 만든 백숙을 먹고 식구들은 낮잠을 잤다 일어나 보니 식구들은 다른 몸을 하고 있었다

밀쳐 둔 밥상머리에 파리가 꼬여 들고 있었다 마당의 잡초는 식어 있고 어디로든 통하던 수레의 바퀴가 빠져 있다 네이미럴, 네이미럴, 봄날의 주문을 외며 꽃이 진다 오는 봄을 한꺼번에 잡아먹은 할머니가 히힛, 가방을 메고 내 꽁무니를 따라다닌다

할머니, 냉잇국에 밥 말아 먹자 밥 말아 먹자 네이미럴, 순식간에 나는 할머니가 되어 네이미럴, 냉잇국을 끓인다

담벼락의 구멍 사이로 그 집의 세계는 오래도록 상영
된다

—「만화경」 전문

이 작품에 드러나 있는 "그 집"의 풍경과 그 안에서
벌어지는 일상의 모습은 들여다볼수록 낯설지 않다.
여기에서 흥미로운 것은 작품 속 장면들을 마치 누군
가 엿보는 시선으로 다루고 있다는 점이다. 그것은 이
작품에서 보이는 장면에 대한 공감이 누구나 겪었을
법한 유사성에서 비롯되는 것뿐만 아니라, "담벼락의
구멍 사이"를 들여다보게만 된다면 이와 같은 시간의
경험이 없는 누구라도 동일한 수준에 이를 수 있도록
만들어 준다. 특히 장면 모두를 "상영된다"고 표현함
으로써 마치 영화의 스크린을 두고 일어나는 작용처
럼 우리의 내면을 쉽게 투사하도록 만들어 준다. 또한
"할머니"를 중심으로 하고 있던 시적 관점은 3연에 오
면 자연스럽게 "할머니가 되어" 버린 "나"로 오버랩 되
는 등 이 작품에서 포착된 장면 모두가 최대한 독자들
의 현실과 나란히 놓일 수 있도록 시인이 노력하고 있
다는 것을 짐작할 수 있다. 이를 통해 누구나 다 비슷
할 것만 같으면서도 결코 어느 누구와도 같을 수 없는
개개인 삶의 모습을 공감의 차원에서 확인하게 된다.

마치 어린 시절 가지고 놀았던 '만화경'을 들여다보게
된 것처럼 말이다.

이제 여기서 앞선 질문을 다시 한 번 떠올려 보자.
나와 같으면서도 또 다른 모습을 가지고 있는 다양한
삶의 현장을 확인하는 과정이 어째서 시문학에 대한
믿음을, 그리고 나아가 진정한 가치에 대해 인식하게
만들 수 있을까. 그에 대한 대답을 찾기 위해서라면
시집 『누가 밤의 머릿결을 빗질하고 있나』에서 시인이
여기에까지 이르는 과정을 확인해 볼 필요가 있다. 위
작품이 포함되어 있는 1부를 보면 시인은 실제 어떤
집에 도달하기 위해서 거칠 법한 여정처럼 느껴지는
작품들을 「만화경」의 앞부분에 배치해 두고 있다.

가령 「아귀」에는 반찬거리를 사러 먼저 들른 "해변
시장"이 배경으로 등장한다. 그곳에서 시인은 "아귀
찜"이 되어서 저녁 밥상에 오를 '아귀'의 모습과 유사
한 우리 생의 한 단면을 기어이 찾아내기도 한다. 그리
고 시장을 벗어나서 걷는 길에 한 낡은 "빌라"를 둘러
싸고 벌어지는 모습들(「낙원빌라」)이나, 온통 아스팔
트로 뒤덮인 도시에서 아주 작은 땅이라도 만나게 되
면 어김없이 그곳에 무엇인가를 심는 "할머니"와도 만
나게 된다(「거대한 밭」). 또 항상 지나던 길에 있는 "슈
퍼"에 밥을 먹고 오겠다며 주인 여자가 붙여 둔 쪽지

하나로 "그녀의 외출"을 상상해 보느라 가던 발걸음을 빼앗기기도 한다(「밥 묵고 오끼예」). 언급된 작품들은 모두 일상과 직접 결부된 구체적인 소재들과 함께 단순하면서도 명료한 비유를 통해 읽는 누구나 쉽게 주제에 공감할 수 있게 만들어 준다.

「만화경」을 비롯한 손음 시인의 작품들은 이처럼 다른 작품들과 함께 어우러지면서 자연스럽게 우리 삶의 모습 안으로 하나의 의미를 끌어들인다. 그것은 바로 작은 일상들이 누군가의 삶을 구성하는 요소들이며, 타인의 삶이 나에게도 중요하다면 그것은 역시 나의 일상과 다르지 않은 바로 그 모습들로 동일하게 이루어져 있기 때문이라는 평범한 진실이다. 따라서 나의 삶을 소중하고 의미 있게 만드는 일은 다른 이의 작은 일상들이 훼손되지 않도록 바라보고 지켜 주는 행위와 다르지 않다는 사실을 알게 된다. 여기에서 우리는 진정한 시인이라면 낯선 사람들과 섞여 살아야 하며, 바로 그 낯선 사람들이 길거리에서나 해변에서 문득 시를 읊을 수 있을 때가 바로 진정으로 시가 살아남아 있는 순간이라고 한 네루다의 말을 떠올려 보게 된다. 그리고 포도주나 빵, 옷 등의 일상적 물건들을 비롯하여 숫자와 같은 추상적 기호나 감정에 이르기까지 세상에 존재하는 모든 것들에 바치는 노

래(『기본적인 송가』)를 남긴 그의 마음을 어느 정도는
이해해 볼 수 있다. 손음 시인을 통해서 우리 역시 타인
과 똑같이 나누면서 살아가고 있는 일상의 소중함을
알게 된다.

3.

일상의 모습에서 드러나는 삶의 소중함을 타인과
공유하고자 하는 손음 시인의 시선은 작은 것들까지
담아내는 노련한 사진가의 그것과 닮아 있다. 「송정 블
루스」나 「공수 해변」 「영도에 갔다」 등 작품의 제목만
보아도 쉽게 짐작할 수 있는 것처럼 그는 삶의 구체적
인 반경 안에 들어오는 것들에 대한 관심에서 자신의
시를 출발한다. 편의점을 배경으로 벌어지는 여러 삶
의 모습들과 또 그곳을 이용하는 사람들 간에 교차하
는 일상의 감정들을 포착하고 있는 「편의점 생각」과 같
은 작품은 시인의 특징이 단적으로 잘 드러나 있다. 특
히, 다음 작품은 일상에 대한 시인의 관심이 결국 시
쓰기로 이어지는 자신의 운명을 드러내고 있다는 데에
관심을 기울일 필요가 있다.

　　이제 더 이상 살 수 없겠구나 말하면 희망이 화를 내
　겠지

이제 겨우 살 수 있겠구나 말하면 절망이 화를 내
겠지
햇볕이 앙상하게 부는 날 검정 우산을 쓰고
나는 해변으로 갔지
대낮에도 반짝반짝 밤하늘이 펼쳐져 있는 곳이지
대낮에도 불을 켠 기차가
미친 듯이 지나가는 곳이지
나는 매일 우산을 쓰고 해변으로 갔지
아무라도 날 알아볼 수 있도록
비를 쓰고 구름을 쓰고
누명을 쓰고

파도가 최선을 다해 밀어 올린 해변의 것들
피붙이같이 엉켜 있네
나도 그 곁에 쪼그리고 살면 안 되나
슬픈 일은 혼자 앓아야 하는데도
모래와 파도와 죽은 갈매기에게
두근두근
내 얘기를 털어놓기에도 하루가 짧았지
내일도 해변으로 갔지 모레도 해변으로 갔지 영원
히 갔지
나는 날마다 그곳에서 무엇이든 쓰고 썼지

누명이든 고통이든 쓸쓸함이든

—「별이 빛나는 낮에」 전문

    무엇보다 먼저 "희망"과 "절망"을 통해 드러나는 삶에 대한 시인의 태도는 오래도록 기억에 남아 있게 될 것이다. 절망에 대한 단순한 위로나 또는 무조건적인 희망이 아니라 시인은 두 감정의 교차가 만들어내는 어지러운 모습 그대로의 삶을 살아가고자 한다. 정반대로만 보이던 절망과 희망에 대한 시인의 진술은 우리 삶을 적확하게 보여 주고 있는 것만으로도 아름답게 느껴지기에 이른다. 앞서 살펴보았던 시인의 특징 그대로, 자신의 일상적 모습에 대한 솔직한 진술이 타인들의 삶에 대한 긍정으로 확산되는 모습을 보여 준다.

    나아가 시인은 어떻게든 자신의 삶을 최대한 "알아볼 수 있도록" 하면서 "해변"으로 이동한다. 하지만 이때 도착한 해변에서 시인이 발견한 것은 "피붙이같이 엉켜 있"는 존재들이다. 타인에게 스스로를 드러내고자 했던 의도에 비추어 보자면 다소 의외일 수도 있겠지만, 이 역시 자신의 삶에 충실한 것이 곧 타인의 삶을 발견하는 길과 다르지 않다는 사실을 역설적으로 보여 준다고 할 수 있다.

    손음 시인의 시 쓰기는 이처럼 개인적인 일상의 영

역과 타인들의 삶이 만나고 흩어지는 지점에서 비롯한다. 이를 두고 누군가는 힘들게 이어지는 개인의 삶에 대한 위로라고 읽을 수도 있을 것이고, 타인의 삶을 고려하는 윤리적 사고로도 평할 수 있을 것이다. 하지만 무엇보다 중요한 것은 그의 쓰기가 혼자만의 고통이나 자신만의 공간에 갇힌 행위가 아니라는 점이다. 그의 작품들을 통해서 우리가 확인하게 되는 시 문학의 가치란 자신과 같은 크기와 모습의 일상을 가진 존재들의 "곁에 쪼그리고 살"아가는 것이며, "누명이든 고통이든 쓸쓸함이든" 그것이 무엇이든 나와 다를 것 없는 내면을 공유하고 있는 존재들을 잊지 않고 "날마다" 함께 있어 주는 데에 있다. "오늘은 1월 20일이고, 내일은 1월 21일"(「겨울 음화」)인 것이 그다음 날도 또 그다음 날에도 우리의 삶이 지속되는 한 이 세상에서 유일하게 변하지 않는 사실이라면, 손음 시인의 시 쓰기 역시 우리 곁에서 지속될 유일한 행위일 것이다.

누가 밤의 머릿결을 빗질하고 있나

2021년 1월 31일 1판 1쇄 펴냄

지은이	손음
펴낸이	김성규
편집	김은경 미순 조혜주
디자인	김동선
펴낸곳	걷는사람
주소	서울 마포구 월드컵로16길 51 서교자이빌 304호
전화	02 323 2602
팩스	02 323 2603
등록	2016년 11월 18일 제25100-2016-000083호

ISBN 979-11-91262-17-9 04810

ISBN 979-11-89128-01-2 (세트)

* 이 책은 2020년 ⬥ 부산광역시 BUSAN METROPOLITAN CITY B.아트지 부산문화재단 지역문화예술특성화지원 부산문화예술지원사업으로 지원을 받았습니다.
* 이 책 내용의 전부 또는 일부를 재사용하려면 반드시 지은이와 출판사의 동의를 얻어야 합니다.
* 잘못된 책은 교환해 드립니다.